À J.W. Alexis Lefebvre
(*R. Paré*)

À Sophie
(*J. Dubé*)

la courte échelle
Les éditions de la courte échelle inc.

Les éditions de la courte échelle inc.
5243, boul. Saint-Laurent
Montréal (Québec) H2T 1S4

Conception et idée originale: Roger Paré
Illustrations: Roger Paré
Texte: Jasmine Dubé
Conception graphique: Derome design inc.
Révision des textes: Lise Duquette

Dépôt légal, 3e trimestre 2000
Bibliothèque nationale du Québec

Copyright © 2000 Les éditions de la courte échelle inc.

La courte échelle bénéficie de l'aide du ministère du
Patrimoine canadien dans le cadre de son Programme d'aide
au développement de l'industrie de l'édition. La courte
échelle est aussi inscrite au programme de subvention globale
du Conseil des Arts du Canada et bénéficie de l'appui du
gouvernement du Québec par l'intermédiaire de la SODEC.

« Gouvernement du Québec - Programme de crédit d'impôt
pour l'édition de livres - Gestion SODEC »

Données de catalogage avant publication (Canada)

Dubé, Jasmine

    Elvis présente sa famille

    (Elvis; 1)

    ISBN 2-89021-419-2

    I. Paré, Roger. II. Titre. III. Collection: Dubé,
Jasmine. Elvis; 1.

PS8557.U224E48 2000   jC843'.54   C00-940910-6
PS9557.U224E48 2000
PZ23.D82El 2000

Elvis
présente sa famille

Idée originale et illustrations de Roger Paré
Texte de Jasmine Dubé

la courte échelle

Les éditions de la courte échelle inc.

Bonjour! Je m'appelle Elvis.

C'est moi, le mignon petit ourson, ici, sur la photo.

Je suis beau! Oh! que je suis beau!

Venez, je vais vous présenter ma famille.

Ici, c'est ma maman.

Elle s'appelle Raminagrobis.

Elle joue du trombone à coulisse.

Son ventre a déjà été ma maison.

Ma maman, ma mamou, ma mamouchka à moi!

Ici, c'est ma mère Raminagrobis et mon père Clovis.

Il est grand et costaud, et il n'a peur de rien.

Il cuisine les meilleures saucisses du monde.

Moi, je suis son fils chéri, son Elvis.

Et je suis là, entre ma maman et mon papa.

Ici, c'est ma mère Raminagrobis, mon père Clovis
et mon grand frère Francis.
Lui, il dessine des rhinocéros à quatre bosses
et il raffole du maïs et des réglisses.
Moi, je tiens la main de mon papa
et je suis à côté de ma maman.

Ici, c'est ma mère Raminagrobis,
mon père Clovis, mon grand frère Francis
et ma petite soeur Iris.
Elle est un vrai bébé.
Elle fait des caprices, elle gaspille le dentifrice
et elle me tire les poils des cuisses.
Mon papa la tient dans ses bras.
Et moi, je tiens le bras de ma maman.

Ici, c'est ma mère Raminagrobis, mon père Clovis,
mon grand frère Francis, ma petite soeur Iris
et ma grand-maman Arthémis.
Elle travaille de dix à six, chez Memphis Fleuriste.
Moi, je suis son petit-fils
et je me tiens là, à côté de ma maman.

Ici, c'est ma mère Raminagrobis, mon père Clovis,

mon grand frère Francis, ma petite soeur Iris,

ma grand-maman Arthémis et mon grand-papa Narcisse.

Lui, il travaille avec des vis et des tournevis.

Il est ébéniste chez Adonis.

Et moi, je suis rigolo, juste là, à côté de ma maman.

Ici, c'est ma mère Raminagrobis, mon père Clovis,
mon grand frère Francis, ma petite soeur Iris,
ma grand-maman Arthémis,
mon grand-papa Narcisse et mon oncle Langis.
Lui, il a le pouce vert.
Il cultive des petits pois dans les oasis.
Et moi, me reconnaissez-vous?
Je suis juste là, à côté de ma maman.

Ici, c'est ma mère Raminagrobis, mon père Clovis,

mon grand frère Francis, ma petite soeur Iris,

ma grand-maman Arthémis, mon grand-papa Narcisse,

mon oncle Langis et ma tante Phillis.

Dans le ventre de ma tante Phillis, il y a un petit bébé.

Si c'est un garçon, il s'appellera Régis, si c'est une fille, Clarisse.

Moi, je serai son cousin et je lui donnerai son biberon.

C'est sûr, je suis grand maintenant.

Regardez, je suis là, à côté de ma maman.

Ici, c'est ma mère Raminagrobis, mon père Clovis,

mon grand frère Francis, ma petite soeur Iris,

ma grand-maman Arthémis, mon grand-papa Narcisse,

mon oncle Langis, ma tante Phillis et ma cousine Amaryllis.

Elle est championne de tennis.

Elle a gagné contre l'équipe suisse.

Et moi? Où je suis, moi?

Ah! Je suis juste ici, à côté de ma maman.

Achevé d'imprimer
sur les presses de Litho Acme inc.